DROEMER

Im Droemer Verlag sind bereits folgende Bücher der Autorin erschienen:
Splitterfasernackt
Bevor ich falle
Da vorne wartet die Zeit
Winterwassertief

Über die Autorin:
Lilly Lindner wurde 1985 in Berlin geboren. Bereits mit fünfzehn begann sie autobiographische Texte und Romane zu schreiben. In *Splitterfasernackt* (2011) verarbeitete sie ihre eigene Geschichte – das Buch stand monatelang auf der *Spiegel*-Bestsellerliste und wurde von der Presse gefeiert. Zuletzt erschienen von ihr die ebenfalls vielbeachteten Romane *Bevor ich falle* (2012), *Da vorne wartet die Zeit* (2013) sowie ihr autobiographisches Werk *Winterwassertief* (2015).

LILLY LINDNER

Die Autobiographie der Zeit

Ein Roman

DROEMER

Besuchen Sie uns im Internet:
www.droemer.de

FSC
www.fsc.org
MIX
Papier aus verantwortungsvollen Quellen
FSC® C004229

Ein Imprint der Verlagsgruppe
Droemer Knaur GmbH & Co. KG, München

Covergestaltung: ZERO Werbeagentur, München
Coverabbildung: Lisa Wöhling
Illustrationen: Lisa Wöhling
Satz: Adobe InDesign im Verlag
Druck und Bindung: Druckerei Uhl, Radolfzell
Printed in Germany
ISBN 978-3-426-30540-9

2 4 5 3 1

Für Chase

Prolog

Evan sagte zu mir: »Ich kann den Mond sehen. Er hängt am Himmel wie du an der Zeit.«

Dabei wusste er ganz genau, dass die Zeit an mir hing.

Nicht ich an der Zeit.

TEIL 1

Der Anfang der Zeit

Irgendwo in der Zeit
liegt ein Ort begraben.
Er heißt Abgeschiedenheit.

1

Die Zeit hing an meinem Verstand und zog ungeduldig an meiner Verfassung. Es war ein nervtötendes Hin und Her. Jeden verdammten Tag das Gleiche – die Sonne ging auf und wieder unter, und der Mond rannte ihr hinterher. Und wie brav sie ihr alle nachtrotteten, die Menschen und die Menschen und die Menschen.

Ich fand es zum Kotzen.

Ich war kurz davor, alles zu schmeißen.

David, Kevin oder Shay, einer von den dreien hätte die Zeit mit übernehmen können. Aber nein. Wie das halt so ist, hatte alles seine Regeln, und Regel Nummer eins des Universums besagte: In der grenzenlosen Weite der Unendlichkeit gibt es nur eine Grenze – die im Gehirn eines Menschen.

Und weil die natürlich kreuz und quer und überall sein musste, funktionierte auf dieser hirnrissigen Welt nichts, aber auch gar nichts, ohne eine deutliche Abgrenzung von allem zu jedem und jedem zu allem und allem zu nichts. Und so wurde der Grundbestand der Erde in vier Mächte unterteilt.

Kevin war der Raum.

David war die Beständigkeit.

Shay war der Abgrund.

Und ich war die Zeit.

Herrgott. Wie gerne hätte ich mit Shay getauscht. Sie

durfte jeden Tag Menschen verschlucken, die sich zu dumm anstellten. Wir anderen hingegen hatten ständig mit Selbstmordgedanken zu kämpfen. Unseren eigenen, nicht denen der anderen.

Wie schon gesagt, wir befanden uns auf der Erde. Ich war ernsthaft darum bemüht, die Stille hinter den leeren Worten zu verstehen. Aber je mehr ich davon verstand, umso weniger begriff ich mein Dasein. Nichts schien hungriger zu sein als das kleinste Gewissen.

David tröstete mich, indem er sagte: »Es gibt da ein Flüstern in der Zeit, das größer ist als jeder Schmerz. Und wir. Wir sind nicht unsichtbar. Das ist nur ein Gefühl. Es geht vorbei. Wie alles andere auch.«

Manchmal glaubte ich ihm. Aber manchmal war ich mir sicher, dass die Welt aus kaputtem Styropor bestand.

Und wir.

Wir waren der Grund und die Tiefe.

Und alles das.

Von einem Tag auf den anderen waren wir unsterblich. Aber um ehrlich zu sein, hatten wir keinen Bock mehr. Kevin, der Raum mit der Vielfalt in all seinen Ebenen, hatte die Schnauze voll davon, dass alle achtlos auf ihm herumtrampelten. David, die Beständigkeit und Dauer eines jeden Augenblicks, kam vor Langeweile und andauerndem Herumstehen beinahe um. Und ich, die ehrwürdige Zeit, musste alles, aber auch wirklich alles, miterleben, nur um am nächsten Tag das Ganze in einer neuen Version von vorne aufgedrückt zu bekommen.

Wie schon gesagt: Es war zum Kotzen.

Aber was lässt man nicht alles über sich ergehen, um allmächtig zu sein.

2

Meine Eltern riefen mich ständig an und brüllten ins Telefon: »Kind, sieh nur, wie weit du es gebracht hast. Du bist die Zeit! Du allein hältst die Welt zusammen!«

»Und was ist mit David und Kevin und Shay?«, brüllte ich zurück.

»Pfff«, schnaubte mein Dad. Er hielt nicht viel von Shay, weil sie so schön war, dass alles um sie herum hässlich wurde.

»Pfff«, schnaubte meine Ma. Sie hielt nicht viel von David und Kevin, weil sie fand, dass Frauen allein die Herrschaft über die Welten übernehmen sollten.

»Die Zeit ist größer als alle anderen Mächte zusammen!«, brüllte mein Dad.

»Du bist allumfassend!«, brüllte meine Ma hinterher.

»Ich muss auflegen!«, brüllte ich. »Ich habe keine Zeit.«

Wir mussten brüllen, weil die Verbindung von der Erde nach Winter ziemlich schlecht war. Das lag nicht etwa daran, dass mein Heimatplanet Winter technisch nicht auf dem neuesten Stand gewesen wäre. Nein, es lag wohl viel eher daran, dass die Idioten auf der Erde immer noch mit ihrem fucking useless WLAN und ihrem dusseligen DSL beschäftigt waren.

Aber ich will mich nicht beschweren. Als Kind hatte ich mir einmal aus einer Laune heraus gewünscht, dass ich eines Tages vom Universum ausgewählt werden würde, eine Macht zu sein; Jahre später, an meinem 15. Geburtstag, stand auf einmal der Tod vor mir und sagte: »Keine Angst. Sterben tut nicht weh. Es ist eher so wie Achterbahn fahren – es kribbelt und rauscht, und dann ist es vorbei. Das Anstehen davor ist das Beschissene.«

3

»Ich bin fünfzehn«, habe ich zu dem Tod gesagt, während er mit seiner Sense vor mir herumgewedelt hat. »Meinst du nicht, ich bin zu jung zum Sterben?«

»Ich bin 8983884248985 33«, entgegnete der Tod, »meinst du wirklich, ich diskutiere mit dir?«

»Keine Ahnung«, habe ich gesagt. »Aber du könntest mir wenigstens sagen, warum.«

»Warum?«, wollte der Tod wissen.

»Weil ich Angst habe«, habe ich erklärt.

»Ich habe dir doch schon gesagt, dass du keine Angst haben musst.«

»Du fuchtelst mit einer Sense vor mir herum.«

Der Tod stellte seine Sense an die Wand und sah mich erwartungsvoll an. »Besser?«

Ich nickte.

Einen Augenblick lang war es still.

Ich wusste, dass der Tod mir nicht sagen würde, warum. Wir hatten in der Schule gelernt, dass der Tod keine Gründe braucht. Er war einfach da. Und zog sich durchs Leben.

»Darf ich mich noch von meinen Eltern verabschieden?«, wollte ich schließlich wissen. »Sie kommen in einer halben Stunde nach Hause und bringen Geburtstagstorte mit.«

»Himmel«, stöhnte der Tod. »Du kannst sie doch einfach anrufen, wenn du tot bist.«

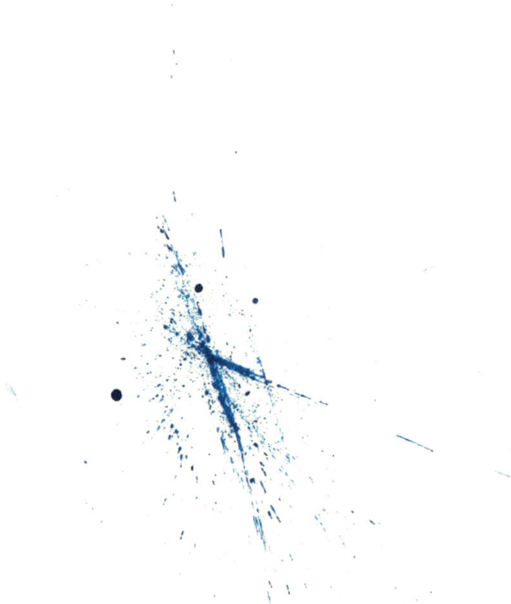

4

Worte rauschten durch meinen Kopf. So beständig und schön wie das Meer. Zuerst erkannte ich sie nicht wieder, aber dann fiel mir auf, dass es meine Gedanken waren. Sie verließen das umkämpfte Gebiet. Sie waren längst auf dem Rückzug.

Aber ein letztes Mal.

Erzählten sie.

Von mir.

5

Nachdem der Tod mich mitgenommen hatte, lag ich auf dem Fußboden meines Zimmers in einer Blutlache, und als meine Eltern schließlich nach Hause kamen, standen sie da und waren irgendwie traurig. Meine Ma weinte ein bisschen, und mein Dad murmelte: »Na, toll. Mit fünfzehn. Sie hätte wenigstens volljährig werden können.«

Dann rief mein Dad einen Krankenwagen. Er wusste, dass ich tot war, aber er wollte keinen Leichenwagen rufen, wegen der Nachbarn. Aber drei Tage später wusste es dann doch jeder. Ich war auserwählt worden zu sterben, um eine Weltmacht zu werden. Von nun an würde ich auf der Erde in einer unsterblichen Hülle leben. So stand es jedenfalls im *Winter-Express*, gleich auf der ersten Seite unter der Rubrik »Macht«. Der Tod persönlich brachte mir ein Exemplar vorbei, weil ich ja längst auf einem anderen Planeten war und nicht so einfach wie er von hier nach da und wieder zurück zappen konnte. Er entschuldigte sich wegen seines blutverschmierten Umhangs, er sei gerade auf dem Sprung, irgendwelche Klippen im Pazifik, dann fragte er mich noch, ob ich meinen Tod gut überlebt hätte und wie es so sei, das einzig wahre Zeitlos gezogen zu haben. Aber bevor ich ihm antworten konnte, war er auch schon wieder verschwunden.

6

Ich las die Zeitung. Fünfmal. Weil sie alles war, was ich von meinem Heimatplaneten hatte. Dann las ich sie noch einmal und noch einmal. Bis ich irgendwann begriff, dass von nun an die Zeit mein Dasein war.

7

Als ich auf der Erde ankam, gab es dort noch keine richtige Zeit. Nur Chaos und Krieg und Talkshows. Ich wachte auf, in einem komischen Menschenkörper mit zwei wackligen Beinen und zwei ungelenken Armen und zwei lächerlichen Lungenflügeln. Ich versuchte mich zurechtzufinden. Aber finde sich mal einer zurecht zwischen all dem Unrecht auf der Erde.

Ich fand ein Kino.

Es waren nicht viele Leute dort, also sah ich mir alle Filme an, die gerade liefen. Sie handelten von Dingen, die ich nicht wirklich verstand. Hauptsächlich handelten sie von Menschen und anderen Menschen.

Anschließend hatte ich Heimweh und wünschte mir, ich hätte mir nie gewünscht, eine Macht zu werden. Aber dann fand ich einen Buchladen. Und da gab es ein Café. Und in diesem Café gab es Walnussbrötchen.

Die fand ich toll.

Walnüsse hatte es auf Winter nicht gegeben.

8

Ich beschloss, das Beste aus der Zeit zu machen.

9

Es gab keine Anleitung für mich. Kein Konzept. Keine Auflistung der notwendigen Prozesse. Wer auch immer vor mir die Zeit auf der Erde gewesen war, hatte nicht viel hinterlassen. Klar, es gab Politiker und Religionen und Badeanstalten. Es gab Donuts und Wasserski und Buntstifte. Irgendwie war alles da, was man brauchte oder zu brauchen glaubte oder zum Glauben brauchte. Aber wirklich glücklich war auf der Erde niemand. Nicht einmal der reichste Mensch. Ich ging ihn besuchen, aber er konnte mich nicht sehen, weil ich damals noch nicht wusste, wie man sich von unsichtbar zu sichtbar transformiert.

Ein paar Monate später hatte ich den Dreh raus. Ich musste nur blinzeln und dabei an etwas Schönes denken, und schon wurde ich sichtbar. Wenn ich wieder unsichtbar werden wollte, musste ich blinzeln und an etwas Trauriges denken. So kam es, dass ich in all den unendlichen Jahren, die ich als Zeit verbrachte, immer wieder verschwand und auftauchte, ohne je weg gewesen zu sein.

10

Ich lernte zu lügen. Wenn es eines gibt, was die Zeit können muss, dann ist es, anpassungsfähig zu sein. Also verbrachte ich Stunden und Tage und Wochen damit zu lügen. Es ging mir nicht gut dabei. Aber keiner merkte es, weil ich allen erzählte, wie gut es mir ging.

11

Mein größtes Problem auf der Erde waren die Menschen. Ich hatte nichts gegen sie, ich fand sie einfach nur bescheuert. Sie waren mit einem Durchschnitts-IQ von irgendetwas unter hundert noch nicht einmal halb so intelligent und durchdacht wie die Zusammensetzung einer wässrigen Instant-Nudelsuppe. Dafür waren sie hervorragend darin, Einsamkeit in Form von überfüllten Räumen zu kompensieren.

Außerdem nahmen sie mich nicht ernst. Das lag vielleicht daran, dass ich in dem Körper eines weiblichen Teenagers mit zimtbraunen Augen und nachtschwarzen Haaren feststeckte. Sie lachten mich aus, wenn ich ihnen erzählen wollte, von den Gezeiten und dem Sturm und der Festung in mir.

Ich ließ sie gewähren.

Ich überließ sie ihren Gewehren.

Wie schön sie sich gegenseitig vernichten konnten. Wie wenig sie dabei über sich und die Vergänglichkeit und das Maß der Verdammnis verstanden.

Ich war geduldig. Ich saß mit David auf einer Klippe und sah zu, wie Shay Menschen verschluckte. Wir spielten Karten, während ich die Nacht hereinbrechen und den Tag aufdämmern ließ. Wir sahen zu, wie die verschwommenen Augenblicke dazwischen in einem Meer voller Rauschen verschwanden. Es war ein Bekenntnis. Von uns an die Welt. So viel Schönheit, so viel Wut, so viel Macht – so viele unerkannte Räume.

Ja.

Wir wussten, dass wir zu jung waren.

Um all das zu verstehen.

12

Gerade erst war ich noch fünfzehn Jahre alt gewesen, und nun war ich die Ewigkeit. Ich hatte Sehnsucht nach dem Apfelbaum vor meinem Fenster, damals auf Winter. Meine Eltern hatten ihn zu meiner Geburt gepflanzt. Er war genauso alt wie ich. Doch nun war ich unendliche Jahre älter. Nun würde ich nie wieder dort sein dürfen. Aber immerhin hatte ich Kevin, David und Shay. Sie waren am gleichen Tag auserwählt worden wie ich, und weil unsere Eltern alle mehr oder weniger gleichzeitig einen Krankenwagen gerufen hatten und wir alle dicht beieinander wohnten, hatte derselbe Krankenwagen uns alle eingesammelt. Später dann hatte in der Zeitung gestanden: »Die vier Mächte der Erde, in ihrem letzten sterblichen Augenblick in dem Unfallwagen der zentralen Notrufstelle Winter vereint«.

Das jedenfalls brüllten meine Eltern mir durchs Telefon zu.

Ich antwortete ihnen nicht darauf.

Weil ich sie zu sehr vermisste.

13

Ich wurde reifer mit der Zeit. Ich wuchs an meinen Fehlern. Ich wuchs an den Dingen, die David über das Leben sagte. Ich wuchs an der Wut, mit der Shay Menschen in blutige Einzelteile zerhackte. Ich wuchs an der Größe, die Kevin in sich trug.

Und ich scheiterte an den Bomben, die irgendwer auf irgendwen werfen musste, um irgendetwas zu zerstören, das irgendjemand aus Liebe und Achtsamkeit errichtet oder in die Welt gesetzt hatte, in dem Glauben daran, es sei von Dauer.

14

Ich sah mich um und wusste:
Einsamkeit – das sind Menschen.
In einem besetzten Raum.

15

Ich fing an zu schreiben, als ich begriff, warum die Menschheit Papier erfunden hatte. Auf Winter zeichnete man Gedanken in die Luft, und jeder konnte am Himmel die Buchstabenwolken sehen. Auf der Erde sahen alle Wolken aus wie verwehte Atompilze. Ich fragte Kevin, ob er das ändern könnte, aber er meinte, er hätte zu viel mit dem Raum am Boden zu tun, da könnte er nicht auch noch den Überblick über den Himmel behalten.

»Verschwinden deshalb so viele Flugzeuge?«, wollte ich wissen.

»Nein«, erwiderte Kevin. »Das war Shay.«

16

Ich schrieb über die Zeit. Über mein Leben als Zeit, am Ende des Universums. Ich versuchte in Worte zu fassen, was es bedeutete, die Macht der Unendlichkeit zu sein. Jeder Augenblick, jede Jahreszeit, jeder Sekundenfall.

Aber ich konnte es nicht.

Ich saß da mit der begrenzten Buchstabenzahl, die das Alphabet auf der Erde hatte, und dachte daran, dass es auf Winter unendlich viele Buchstaben gegeben hatte. Dort konnte jeder einen neuen Buchstaben erfinden. Dort gab es so viele Worte, dass ich oft einfach mitten auf der Straße stehen geblieben war, um hinauf in den Himmel zu den beschriebenen Wolken zu blicken.

17

Ich hörte auf zu schreiben, weil es mich traurig machte. Ich begann Papierkraniche aus meinen Worten zu basteln, bis Shay die Kraniche irgendwann in Steinvögel verwandelte und sie dazu benutzte, Menschen zu erschlagen.

Ich fragte sie, warum sie das täte.

Shay stand vor mir, mit einem blutroten Steinkranich in den Händen.

Sie antwortete nicht und sah auf den toten Jungen, der vor ihr auf dem Boden lag. Er war ein Dealer. Ich kannte ihn vom Vorbeistreifen. So wie ich alle Menschen kannte.

Alle.

Das war mein Job als Zeit.

Ich sagte: »Shay. Das waren meine Worte. Ich habe Kraniche aus ihnen gebastelt, um ihnen Leichtigkeit zu verleihen. Und du, du erschlägst damit Menschen!«

Da begann Shay zu weinen.

So sehr, dass ich mich auf einmal wieder daran erinnerte, dass wir Freundinnen gewesen waren, damals auf Winter, als sie noch nicht der Abgrund war und ich noch nicht die Zeit.

18

Als Shay meinen letzten Kranich dazu benutzt hatte, ihn vom Fernsehturm aus auf einen Touristen fallen zu lassen, begann ich wieder zu schreiben.

Ich schrieb nur kurze Kapitel.

Um nicht an mir selbst und an meinem Wissen zu scheitern.

19

David sagte zu mir, dass er jetzt eine Freundin hätte.

»Ein Menschenmädchen?«, fragte ich.

»Ein Menschenmädchen«, sagte er.

Wir sahen uns an.

Dann schritt ich vorwärts.

Und er blieb zurück.

20

Ich verlor meinen Glauben. Ich hatte nie an irgendeinen Schöpfer oder an ein höheres Wesen als den Mount Everest geglaubt. Aber ich hatte daran geglaubt, dass jedes Lebewesen an etwas glauben sollte. Und ich hatte an Kevin geglaubt und an David und an Shay. Deshalb berührte mich das, was sie bewegte, und deshalb bedeutete es mir viel, wenn sie mir von dem erzählten, woran sie glaubten. Aber nun glaubte Shay an Blut und David an Liebe und Kevin an Fußball.

Ich sagte: »Shay, du bist mehr als der Abgrund.«

Aber zwischen uns lagen die Klippen und der Sturm und das Meer, und sie konnte mich nicht hören.

Ich sagte: »David, du wirst niemals altern. Niemals. Vergiss nicht, was das bedeutet.«

Aber zwischen uns stand ein Menschenmädchen, und er konnte mich nicht sehen.

Ich sagte: »Kevin, Abseits ist kein Raum.«

Aber zwischen uns stand ein Pfosten.

21

Ich vermisste den Tod.

Er war das Letzte, was ich zu Hause auf Winter gesehen hatte.

22

Ich vermisste das Leben.

Ich hatte es kaum wahrgenommen, als es noch mir gehörte.

23

Ich versuchte, mich vor mir selbst zu verstecken. Ich rannte davon, so schnell ich nur konnte.

24

Da kam David zu mir und sagte, ich müsste nicht so durchs Leben hetzen.

Er sagte doch tatsächlich, ich hätte Zeit.

25

Ich wurde mit jedem Tag mehr und trotzdem weniger. Ich sah Menschen beim Leben und Sterben zu. Ich beobachtete den Tod, wie er mit seiner Sense einen Walzer auf dem Marktplatz tanzte. Ich sah David beim Windzähmen zu. Ich beobachtete Shay, wie sie heimlich versuchte, ein kleines Mädchen wiederzubeleben. Ich erkannte Kevin unter einem Konstrukt aus Stahl und Herz und Einsamkeit.

26

Es wurde Frühling, es wurde Sommer.
Es wurde Herbst, es wurde Winter.

27

Ich malte Dünen in den Sand und Löcher in den Boden. Ich zündete Vulkane an und löschte Seen aus. Ich wurde übermütig, als ich den Mut verlor. Ich warf mit Wasser, es wurde zu Hagel. Ich warf mit Sand, er wurde zu Stein. Ich warf eine Feder, da flog ein Vogel davon, und ich weinte, weil ich wusste, es war nur ein Traum.

28

Ich hasste Mathematik. Ich rechnete mit Achtsamkeit und Courage. Aber je mehr ich versuchte, beides zu teilen, umso weniger verstand ich das Ergebnis.

29

Ich liebte Musik.
Bis ich mich in der Stille verlor.

30

Vielleicht ist Stille ein Geräusch.
Und keiner kann es hören.

31

Vielleicht ist Stille ein Raum.
Und keiner kann ihn sehen.

32

Vielleicht ist Stille ein Wort.
Und keiner kann es schreiben.

33

Es wurde laut um mich herum. So laut wie Papier. Da wusste ich, Menschen sind das Bild von einem Bild, hinter einem Bild, an das sie sich halten, um nicht zu verblassen.

34

David sagte zu mir: »Die Summe des Fehlverhaltens der Menschheit ist die Differenz ihrer Gedankendichte.«

35

Ich lag auf dem Boden einer Zirkusarena, neben mir lag ein Clown und weinte.

Ich sagte zu ihm: »Vielleicht ist alles das, was ich heute weiß, viel weniger als das, was ich vorher wusste.«

36

Ich verfiel dem Zeitdruck. Ich verlor das Gefühl dafür, ein Wesen zu sein, das atmet und lacht und lebt.

37

Ich hüllte mich in ein Wortgewand aus Sarkasmus und toten Gedanken.

38

Ich sah zu, wie Kevin Müllhalden in Apfelbäume verwandelte und Atombomben in Nähmaschinen. Ich fragte ihn, warum.

Er antwortete: »Um die Zeit zu flicken.«

39

David sagte zu mir: »Hass hat genauso viele Buchstaben wie Liebe. Nur dass Liebe einen mehr hat.«

Ich schwieg.

Da sagte David: »Zärtlichkeit hat doppelt so viele Buchstaben wie Gewalt.«

»David«, sagte ich, »man rechnet mit Zahlen, nicht mit Buchstaben.«

40

Kevin, der Raum, er kam zu mir in die Abgeschiedenheit und flüsterte mir zu: »Erinnerst du dich noch daran, als wir waren? Du und ich. Und die Sommer auf Winter.«

41

Ich begriff das Eine: Im lückenlosen Zeitgeschehen ist jeder Raum.

Unendlich.

42

Ich saß alleine auf einem Steg am Wasser. Da kam ein Mann dazu, er war alt, aber nicht so alt wie ich. Er sagte, er könne bis hinab auf den Grund sehen. Er sagte, dort unten wäre es kalt, aber diejenigen, die dort unten lebten, würden es nicht spüren.

Dann seufzte er und sagte: »Diese wunderschöne Zeit. Sie ist begrenzt.«

43

Ich dachte zurück an mein Leben. Es schien noch gar nicht lange her. Ich wanderte durch die Straßen, die Kevin gebaut hatte, vorbei an den Gräbern, die Shay verursacht hatte, bis hin zu dem Meer, das David jeden Tag mit ein paar Wellen streichelte.

Unterwegs führte ich Selbstgespräche mit anderen. Sie zählten meine Narben. Ich nannte es Bruchrechnung, sie nannten es unbekannte Gleichung mit zu vielen Variablen.

Da verstand ich: Menschen haben keinen Bezug.

Zu der Zeit.

44

Ich sah zu, wie Menschen verrotteten Traubensaft tranken. Sie lachten und nannten ihn Wein. Ich wusste, sie sagten die Wahrheit. Aber ich wusste auch: Niemand weiß mehr als die Zeit.

45

Kevin sagte, er würde die Welt nicht verstehen. Er sagte, es könnte niemals einen Raum geben, der groß genug für die kleinen Menschen sei. Er schüttelte seinen Kopf und den Weltatlas, dann sagte er: »Es gibt tatsächlich Menschen, die denken, Bangladesch sei eine Insel im pazifischen Atlantik.«

46

Wir saßen auf einem halb versunkenen Flüchtlingsschiff vor der Küste und zählten die Leichen am Strand.

Irgendwann sagte Kevin: »Ich verstehe das nicht. Menschen. Wozu sind die eigentlich hier?«

»Keine Ahnung«, meinte David.

»Ist doch egal«, warf Shay ein und machte einen Schritt aus der Blutlache, in der sie gerade gestanden hatte. »Lasst uns hier verschwinden. Es gibt zu viele Tage, die niemandem gehören.«

47

Die Menschen sagten, die Zeit sei kaputt. Ich antwortete ihnen mit einem Sturm.

Dann sagte ich zu Kevin: »Ich bin nicht kaputt. Die blöde Welt ist kaputt – das ist das Problem. Und die Welt kann man nicht heilen, irgendwann kommt die nächste Flut, und dann schwimmen die Dinosaurier zurück an Land und fressen uns alle auf. Das ist Freiheit. Man muss sich ihr unterwerfen, bevor man sie beherrscht.«

48

Ich lag unter einem Kirschblütenbaum im Wind. Die Rosa-Zuckerwatte-Blüten regneten auf mich herab und bedeckten meinen Körper.

Ich atmete.

Und es war gut zu atmen.

49

Ich ging zu einem Kongress in einem großen Gebäude. Dort waren viele Menschen. Einer von ihnen stand hinter einem Pult und sagte: »Die Zeit an und für sich ist simpel – es gibt Entscheidungen, die man trifft, und Entscheidungen, von denen man getroffen wird.«

50

Ich fühlte mich unverstanden.

51

Ich sah hinauf zum Himmel.
Es regnete Wasserbilder.

52

Auf einmal wusste ich:
Regen ist eine Farbe.
Winter ein Gefühl.

53

David ging in die Kirche und unterhielt sich mit einem Pastor. Anschließend kam er wieder heraus und sagte: »Die Kirche pastorisiert Menschen, in dem Glauben daran, sie länger haltbar zu machen.«

54

Am Waldrand im Schnee lag ein junges Mädchen. Sie war nackt und tot und wunderschön. Neben ihr lag ein Stoffhase mit traurigen Schlappohren. Ich hob ihn hoch und hielt ihn fest. Der Stoff war kalt und nass und blutig. Da wusste ich.

Irgendwann.

Verschwindet die Welt.

55

Ich verwandelte das tote Mädchen in eine rote Blume. Ich wollte nicht, dass jemand sie so fand.

56

Ich verlor meine Stimme.
Dort, in der Stille.

57

Ich schrieb ein Gedicht für das Mädchen:

I will be
a broken girl but
he will try to turn me into
something worse
a cruel ripped body or
a bloody soul
not
worth living

I am
a girl
running from
the killing beast
deep in the woods

58

Ich las das Gedicht von unten nach oben. Zuerst die letzte Zeile, dann die vorletzte, dann die davor, bis ich wieder am Anfang war.

Da verstand ich.

Die Einsamkeit der Zeit.

Und die Schönheit.

Der Hoffnung.

59

deep in the woods
the killing beast
running from
a girl

I am
worth living
not
a bloody soul
a cruel ripped body or
something worse
he will try to turn me into
a broken girl but
I will be

60

Ich fand meine Stimme zurück.

61

Ich ging zu einem Mann, der von dem Dach eines Hochhauses springen wollte, und sagte zu ihm: »Ich verrate dir ein Geheimnis: Menschen sind Fabelwesen. Es redet nur keiner darüber. Menschen sind keine fabelhaften Wesen. Aber alle reden davon, dass sie es wären.«

Der Mann sah mich an und lächelte. Ich mochte seine Augen. Er blinzelte kein einziges Mal.

Dann sprang er von dem Dach.

62

Ich hörte aus zwei Kilometern Entfernung, wie Kevin zu David sagte:

»Die Zeit ist hungrig. Sie verschlingt gerne Menschen.«

63

Ich fragte einen rauchenden Jungen mit blauen Haaren, wie die Welt funktioniert. Er schenkte mir eine Zigarette und sagte: »Du leihst einem Freund eine DVD und bekommst sie nach zwei Jahren zerkratzt wieder zurück. Aber das ist schon okay. Es ist nur ein Film.«

Ich dachte einen Moment darüber nach, dann antwortete ich: »Es ist, als würdest du dein Kaninchen verleihen und am Ende kriegst du eine tote Ratte zurück.«

»Ich habe kein Kaninchen«, erwiderte der Junge.

»Und die Welt?«, fragte ich.

»Die Welt gehört der Zeit«, sagte der Junge. »Und die Zeit hinterlässt Spuren.«

64

Ich hörte auf, alles zu hinterfragen.
Ich nahm einfach hin.
Dass wir waren.

65

Shay sagte, wir seien Regenwürmer, in der Mitte zerhackt. Und wir würden umherkriechen, auf der dunklen Erde.

66

David sagte, wir seien unsichtbares Glück. Zwischen den Abgaswolken der Autos könnte man unsere wunderschönen Umrisse sehen.

67

Kevin sagte, wir seien der Ozean im Meer.

Wir wussten nicht, was er damit meinte. Aber er sagte, eines Tages würden wir es verstehen.

68

An einem Weihnachtstag tötete Shay den Präsidenten von Amerika.

»Himmel, Shay«, sagte Kevin, »das ganze Weiße Haus ist rot.«

»Shay«, sagte David, »es ist Weihnachten.«

»Shay«, sagte ich. »Oh, Shay.«

69

Es dauerte unendlich viele Jahre, bis ich die Menschen verstand. Ich saß auf einer Bank im Park und beobachtete Enten, als ich plötzlich begriff, dass sie nur quakten und quakten, weil sie gerne quakten und weil sie keine andere Sprache kannten. Und da verstand ich auch die Menschen.

Ich wurde sehr still.

Ich traf mich nicht mehr mit Kevin zum Pokern. Ich ging nicht mehr mit David in den Zoo, um Menschen dabei zuzugucken, wie sie Tiere anguckten. Ich saß nicht mehr mit Shay auf dem Funkturm und spuckte Kirschkerne auf die Messe.

Ich stand einfach alleine am Teich bei den Enten und weinte. Ich weinte so sehr, dass der Teich salzig wurde. Und weil ich die Zeit war und weil die Zeit alles verändert, wurde aus dem Teich ein See und aus dem See ein Meer, und irgendwann starben die Enten, und es kamen Haie. Dann starben die Haie, und es kamen Bohrinseln.

So viel zum Anfang.

Dem Anfang der Zeit.

TEIL 2

Der Ozean im Meer

Was ist dies für ein Ort,
nach Jahren noch so fremd wie einst.

Wo stehen wir,
hier, in diesem unsichtbaren Raum,
im Rausche noch zu wissen,
dass wir sterben und sterben,
während wir lügen und lügen,
über das Glück
zu verweilen.

1

Nachdem ich viel zu viele Jahre auf der Erde verbracht hatte, war ich immer noch fünfzehn. Ich hatte aufgehört, zu Hause auf Winter anzurufen.

Meine Eltern waren längst tot.

Alle, die ich dort gekannt hatte, waren längst tot.

2

Mit der Zeit wurde ich zeitlos. Ich wusste nun, wie man unaufhörlich kreist, ohne dabei dem Schwindelgefühl zu verfallen. Ich konnte Tage mit Nächten verrechnen und Augenblicke in Jahre verwandeln. Ich konnte mich dahinziehen, einhereilen und lautlos verschwinden. Ich wusste alles über die Menschheit. Ich kannte sie in- und auswendig.

Manchmal vermisste ich mich.

Manchmal vermisste ich Winter.

Manchmal vermisste ich das Gefühl, am Leben zu sein.

Aber das war schon okay.

3

Einmal im Monat trafen Kevin, David, Shay und ich uns in der Morgendämmerung auf einem Berggipfel. Es war nie kalt dort oben. Wir hatten längst gelernt, nicht mehr jede einzelne Wahrnehmung zu spüren, auch wenn wir es oft taten, um näher am Leben zu sein. Shay saß immer am Rand, David und ich saßen in der Mitte, und Kevin saß am anderen Rand.

Wir teilten uns Äpfel. Sie erinnerten uns daran, dass wir ein Zuhause hatten. Dort auf Winter.

Wir teilten uns Walnussbrötchen. Sie erinnerten uns daran, dass wir nie wieder zu Hause sein würden.

4

Ich fragte David: »Was genau machst du eigentlich den ganzen Tag als Beständigkeit?«

David zuckte mit den Schultern.

Dann deutete er in die Ferne, und da sah ich, wie Menschen Hand in Hand und mit Kerzen auf einem Platz standen und Lieder sangen. Ich konnte die Texte nicht verstehen, weil sie zu weit weg waren. Aber ich verstand, dass sie gemeinsam dort waren, um einem Augenblick entgegenzutreten.

Da begriff ich.

Dass Beständigkeit ein Loch in der Zeit ist.

5

Ich fragte Kevin: »Was genau machst du eigentlich den ganzen Tag als Raum?«

Kevin schnaubte verächtlich.

Dann deutete er auf ein Haus, in dem ein Mann eine Frau vergewaltigte, und ein Kind ein anderes Kind schlug, und ein Hund eine Katze totbiss. Ich sah auf all das herab, und dann erkannte ich auf einmal, wie schön das Haus von außen war und wie viel Mühe Kevin sich gemacht haben musste, um die Grundlage dafür zu schaffen.

Da verstand ich.

Dass Raum ein Loch in der Zeit ist.

6

Ich fragte Shay nicht: »Was genau machst du eigentlich den ganzen Tag als Abgrund?«

Denn ich wusste, dass der Abgrund das Loch am Ende der Zeit ist.

7

Ich mochte den Regen. Er gab mir das Gefühl, einen Teil der Zeit in Wasser zu verwandeln. Ich mochte Wasser. Es flüsterte mir zu, im Meer zu verweilen.

8

Kevin trank Limonade, bis ihm schlecht wurde. David aß Gummibärchen, bis er alle Sorten der Welt durchprobiert hatte. Shay leckte sich Blut von den Lippen.

Ich nagte am Knochen der Zeit.

9

Ich schlief nie. Es gab kein Erwachen mehr und auch keine Nachtgespenster. Ich hörte auf, Schafe zu zählen. Es gab zu viele dumme Menschen.

10

Es wurde Krieg. Kevin saß mit ausdruckslosem Gesicht auf einer Rauchwolke und sah zu, wie alles um ihn herum zerfiel.

Seine Haut war zerfurcht und voller Narben. Aus seinen Augen tropfte Blut. Aber ich wusste, es waren Tränen.

11

Der Krieg dauerte an. Shay bastelte Mobiles aus Knochen und Zahnrädern der Zeit.

12

Der Krieg ging vorbei. David stand da und entzündete Leuchtfeuer; er flüsterte den Menschen Hoffnung zu – er flüsterte von mir.

Von der Schönheit.

Der Zeit.

13

Aus Krieg wurde Frieden. Aus Frieden wurde Politik. Aus Politik wurde Macht. Aus Macht wurde Neid. Aus Neid wurde Hass. Aus Hass wurde Liebe. Aus Liebe wurde der nächste Krieg begonnen.

14

Gewalt ist eine Sprache.
Die keine Übersetzung braucht.

15

David sagte, wir würden gegen tote Drachen kämpfen und pinke Einhörner in Giraffen mit Höhenangst verwandeln. Er erzählte uns von einem grünen Ungeheuer, das unsere Gehirne fressen würde, genau wie unsere Herzen.

Er sagte, die Menschen hätten Angst vor der Zeit. Und die Zeit hätte Angst vor den Menschen.

Alle sahen mich an, als hätte ich Schuld an diesem Augenblick, wie auch an allen anderen. Da versteckte ich mich in einer Welt aus Farben und Träumen und flüsternden Gestalten.

16

Als meine Eltern starben, hatte ich ihnen zugewunken, aus der Ferne der Zeit. Sie hatten gelächelt, obwohl sie alt waren und Schmerzen hatten. Sie hatten mir zugenickt, als wäre ich an einem sicheren Ort. Da hatte ich ihnen versprochen, dass ich von nun an ein gutes Leben führen würde.

»Wir können kein gutes Leben führen«, hatte Shay anschließend zu mir gesagt. »Wir sind tot.«

Jeden Tag.
Dachte ich an diesen Satz.

17

Kevin, David und ich bastelten Papierschiffchen. Wir ließen sie aufs Meer hinaustreiben. Sie gingen nicht unter. Es waren Schiffe aus Raum und Zeit und Beständigkeit.

18

Shay wollte keine Papierschiffchen basteln.

19

Shay und ich standen unsichtbar am Strand. Wir hörten, wie blutjunge Menschen zueinander sagten: »Wenn die nächste Flut kommt, dann stapeln wir Sandsäcke, bis es keinen Sand mehr gibt. Und wenn das nicht ausreicht, dann stürzen wir uns in die Tiefen des Meeres und bohren ein Loch in den Grund, damit es ablaufen kann. Und wenn wir dabei zehnmal draufgehen – wir geben erst auf, wenn wir nicht ertrunken sind!«

»Warum belügen sie sich?«, fragte Shay. »Ich brauche nur eine einzige Sturmflut, und schon sind sie alle tot.«

Ich erzählte ihr davon, dass es so etwas wie Hoffnung gäbe. Shay sagte, sie erinnere sich nicht mehr daran.

Aber ich wusste: Wenn der Tag lang genug ist, um in eine schlaflose Nacht überzugehen, dann kann auch sie weinen.

Ganz bestimmt.

20

Ich wollte Shay retten. Ich nahm sie in den Arm und versuchte sie zu halten, bis sie es wieder fühlen konnte. Aber sie schob mich mit einer blutigen Axt beiseite und sagte, sie hätte zu tun.

Nachdem sie weg war, kam David zu mir und schenkte mir einen kaputten Stern. Er leuchtete nicht mehr, aber ich ließ ihn trotzdem über dem Ozean schweben. Als er in der Ferne verschwunden war, griff David nach meiner Hand.

Er versprach mir, dass der Sturm eines Tages aufhören würde, sich Gewitter zu nennen. Und das Gewitter, es würde aufhören, sich hinter einem Regenschauer zu verstecken. Und der Wind, ja, der Wind, er würde eine neue Geschichte erzählen.

Eine Geschichte.

Die irgendwer versteht.

21

Wir gingen zu viert auf einen Schulabschlussball. David ging mit Shay. Sein Mädchen war längst tot. Ich ging mit Kevin. Es war schön, seine Hand zu halten. Für einen Moment fühlte ich mich menschlich. Irgendwie war das ein Geschenk.

22

Ich schrieb mit meinen bleichen Fingern auf einen rabenschwarzen Stein: »Es gab eine Zeit, in der wusste ich mehr, als ich je wissen werde.«

Kevin verwandelte den Stein in eine Pyramide. Er sagte, die Menschen hätten meine Worte geliebt, damals, als sie noch an etwas geglaubt hatten.

23

Die Autobiographie der Zeit sollte viele Seiten haben. Jahrhunderte und Jahrtausende, und all die anderen Jahre, gefüllt mit Tagen und Wochen und Monaten. Aber ich schrieb weiterhin nur einzelne Sätze. Mir fiel nichts ein, was ich hätte schreiben können. Nichts, was von allumfassender Bedeutung wäre.

24

Shay erzählte mir von einem Mädchen: Eine nackte Seele, schlank und durchsichtig. Eine hauchdünne Seele, ohne Verstand – ausgezehrt, mager, hungrig. Sie stakst durch die Gegend. Eine Modelseele, bereit für den Laufsteg. Aber das glanzvolle Licht ist künstlich, genau wie das schiefe Lächeln.

Eine Mädchenseele.

Die sich nach Zuckerwatte verzehrt.

Shay wartete.

Bis ich ein Bild vor Augen hatte.

Dann sagte sie: »Ich war bei ihr, als sie starb. Sie hatte das Gefühl, die Tabletten würden mehr werden, je mehr sie davon schluckte. Was meinst du, war dieses Gefühl real, oder war es einfach nur die kaputte Zeit?«

25

Shay drückte mir einen blutverschmierten Zettel in die Hand.

»Für dich«, sagte sie.

»Von dem toten Mädchen.«

26

Ich faltete das Blatt Papier auseinander.

Die unsichtbare Zeit,
sie vergeht.

Und du – wie lange bist du nun schon hier,
und was hat diese Zeit dich gelehrt?
Dass du fällst und fällst
und wieder fällst,
aber der Boden
gehört dir.

Also vergiss nicht zu lächeln,
wenn sie dir weh tun.
Vergiss nicht zu atmen,
wenn sie dir die Luft nehmen.
Vergiss niemals zu sterben,
wenn sie dich im Leben wollen.

Es ist ein bestätigtes Geheimnis,
dass du nicht für immer bleiben musst.
Bald schon darfst du nach Hause gehen.

Du wirst keinen von ihnen
je wiedersehen.

Das ist ein Versprechen,
von mir an dich.

In den letzten Tagen.

27

Ich hielt die blutverschmierten Buchstaben in der Hand und sagte zu Shay: »Nein, du irrst dich – das hat sie für sich selbst geschrieben, nicht für mich.«

Shay lachte.

Und lachte und lachte.

»Wo ist der Unterschied?«, fragte sie schließlich. »Liegt er in der Zeit begraben?«

28

Ich trank zehn Liter Wein.
Und vergaß die Zeit.

29

Kevin äußerte die Möglichkeit, dass die Menschen eines Tages das Bedürfnis haben könnten, ihre Facebook-Accounts zu löschen. Er sagte, sie würden seufzend zurück in den Wald gehen. Bis ganz nach hinten, auf die versteckte Lichtung, dort zu dem Baum, auf dem einst der Affe gesessen hatte, bevor er heruntergeklettert war, um aufrecht zu gehen und Bananen in Smoothies zu verwandeln.

30

Werden die Dinosaurier irgendwann zurück auf die Erde kommen?«, fragte mich ein kleiner Junge, mit dem ich auf einem abgelegenen Spielplatz eine Sandburg baute. Er zweifelte nicht daran, dass ich die Zeit war. Kinder nahmen mich meistens ernst.

»Nein«, sagte ich.

»Warum nicht?«, fragte der Junge.

»Diese Zeit ist vorbei«, erklärte ich.

»War es eine andere Zeit?«, wollte der Junge wissen.

»Ja«, sagte ich.

»Wo ist sie hin?«, fragte der Junge.

Ich wusste die Antwort nicht.

Also bauten wir einfach weiter die Burg.

31

Wir standen auf dem Gipfel der Mächte, so nannten wir mittlerweile den Berg, auf dem wir uns einmal im Monat trafen, und teilten uns Marshmallows. Kevin fand sie zu süß, Shay fand sie widerlich, und David sagte, sie seien okay. Ich stand still daneben, weil es ein Zeitvertreib war.

Nichts weiter.

32

Du bist wunderschön«, sagte Shay zu einem traurigen Mädchen und schubste es von einer Autobahnbrücke.

33

Zärtlichkeit.
In entfremdeter Form.

34

Shay sagte zu mir: »Manchmal sehne ich mich nach etwas. Als hätte ich ein Herz. Auch wenn es längst nicht mehr so ist. Das ist wohl das Gefühl, mit zwei gebrochenen Beinen zu entkommen und anschließend davonzuhumpeln. Der Zeit hinterher.«

35

David lernte einen Psychologen kennen. Der Psychologe nannte sich einen Nachfahren der Nachfahren der vielen davor verfahrenen Freuds. Und David nannte er Freund. David führte viele Gespräche mit dem Psychologen. Dann wurde David krank. Er malte ein schwarzes Bild und sagte: »Depressionismus ist die Kunstform des Leidens.«

36

Shay zerriss das schwarze Bild und sagte zu David: »Sag deinem verdammten Psychologen doch einfach, dass du früher auch lange Psychologe warst und dass der Heilungsprozess langwierig und schmerzhaft war, aber dass du es geschafft hast und mittlerweile nicht mehr die Probleme anderer Menschen brauchst, um deine eigenen zu vergessen.«

37

Kevin schüttelte David so heftig, dass es ein Erdbeben gab. David kam wieder ins Gleichgewicht.

38

Ich beobachtete zwei Mädchen. Sie saßen auf einer Wiese, vor einem Klinikgebäude, und blickten auf eine Backsteinmauer.

Das eine Mädchen legte seinen Kopf auf die Schulter des anderen Mädchens und sagte: »Ich würde so gerne mit dir davonfahren, irgendwohin, wo wir sein dürfen, ohne zu verschwinden. Und natürlich müssten wir irgendwann zurückkehren. Dorthin, wo all die anderen sind. Und die Männer und die Männer. Und die Männer. Aber vielleicht wäre es ein Anfang. Wir sind doch noch viel zu jung, für das Ende.«

Ich wusste nicht, wovon sie redete. Aber ich wusste, man kann ein Gefühl begreifen, ohne es zu verstehen.

39

Ich saß mit Kevin auf einem Baumstamm mitten in einer Einkaufsstraße. Es war laut und voll und hässlich. Den Baumstamm hatten wir dorthin gelegt, Kevin hatte ihn aus Afrika mitgebracht, er war fünf Meter lang. Die Menschen starrten uns an. Wir sahen aus wie sie, aber wir waren es nicht.

Ich hob eine tote Taube auf. Shay hatte sie vom Himmel fallen gelassen. Sie tötete oft Tiere, wenn sie genug von Menschen hatte.

»Sieh nur«, sagte ich zu Kevin und streichelte die tote Taube. »Wie sie uns alle anstarren.«

»Wir müssen ja nicht zugucken, wie die anderen gucken. Dann sehen die vielleicht auch nichts«, erwiderte Kevin.

Ich liebte ihn.

In diesem Moment.

40

Shay tötete fünf Menschen und vergrub ihre Augen auf dem Spielplatz im Sandkasten.

»Warum tust du das?«, fragte ich.

»Menschen sind Sichtwaisen«, antwortete Shay und grub weiter. »Sie sind blind.«

41

Ich hasse sie«, sagte Shay. »Diese gottverdammte Zeit.«

42

Shay schenkte mir ein weißes Pferd mit Flügeln, weil es ihr leidtat.

43

Shay und ich flogen auf dem weißen Pferd durch den Himmel. Blut tropfte von Shays Kleid durch die Wolken. Wir lachten darüber, obwohl es nicht lustig war. Shay hielt sich an meiner Taille fest, sie hatte ihre Arme um mich geschlungen. Da erinnerte ich mich daran, was Geborgenheit war.

44

Ich schwamm mit einem Wal im Meer. Er war größer als ich, aber wir konnten den Unterschied nicht sehen. Da trafen wir ein nacktes Mädchen. Es lächelte uns an und sagte: »Ich wohne auf einer Insel mitten im Pazifik. Um mich herum rauscht jeden Tag das weite Meer. Es schäumt und spritzt und tobt. Manchmal liegt es auch ganz ruhig da – aber zu dieser Jahreszeit lässt es die Wellen um mein Zuhause tanzen, bis mir schwindlig wird.

Und manchmal.

Sehne ich mich nach dem Festland.«

45

Ich besuchte das Mädchen auf der Insel im Pazifik. Es stand alleine am Ufer und sagte: »Seit ich hier bin, habe ich erst neun Sätze gesprochen. Meine Stimme passt nicht an diesen Ort; es ist okay, wenn ich sie verliere. Außerdem ist niemand hier. Mit dem ich reden könnte. Ich habe keinen einzigen Freund. Ich weiß gar nicht. Wie das geht.«

46

Ich besuchte das Mädchen auf der Insel im Pazifik ein zweites Mal. Ich wollte Abschied nehmen, bevor ich mich verliebte. In sie und in diesen Augenblick, der so furchtbar brannte, auf meiner eisigen Haut.

Sie lächelte, als ich sie umarmte. Dann flüsterte sie mir zu: »Ich wohne am Ende der Welt. Und das Meer will mich verschlucken. Aber ich würde trotzdem nie von hier fortgehen.«

Das Mädchen und ich.

Wir waren Fremde.

Aber ich wusste, in einer anderen Zeit wäre sie genau wie ich.

47

Ich begann zu stricken. Handlungsstränge, Gedankenfäden und Zeitgarn. Am Ende hatte ich einen kilometerlangen Schal. Ich ging zu Kevin und fragte ihn, ob er etwas damit anfangen könne. Er verband das Meer mit dem Himmel und die Erdachse mit dem Ozonloch.

Die Menschen nannten es Physik.

Wir nannten es Stille.

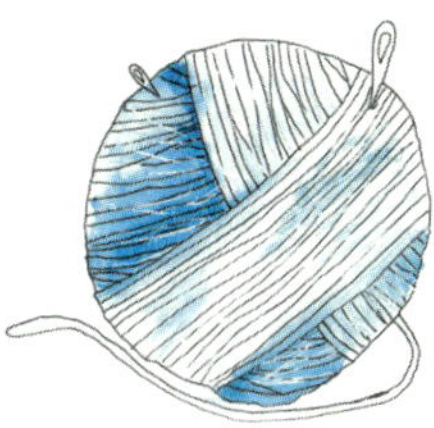

48

Der Mond erhängte sich an einem Stern, und alle dachten, es sei ein Naturphänomen. Dabei war er einfach nur traurig.

49

Ich rettete den Mond.
Er war mir nicht dankbar.

Er sagte, ich hätte ihn doch einfach hängen lassen können. Er sei es leid, von Löchern bedeckt zu sein.

50

Ich schrieb ein Buch über die Beständigkeit und den Raum und den Abgrund. Ich gab es David zu lesen.

Als er fertig war, sah er müde aus.

Ich fragte ihn, ob alles okay sei.

Er sagte: »Mir ist kalt.«

51

Ich ging mit meinem Buch zu Shay.
Sie sagte: »Geh weg.«

52

Ich schenkte das Buch Kevin. Er lächelte und versprach mir, eine Bibliothek daraus zu bauen.

53

David stand in der neu errichteten Bibliothek vor einem leeren Regal und sagte: »Damals, in einer anderen Zeit, wollte ich leben, an jedem Tag, bevor ich sterbe.«

Einen Moment lang war es still.

Dann fügte er hinzu: »Und nun bin ich hier und weiß, dass es eine Zeit gibt, in der ich verlorengegangen bin, und dass diese Zeit noch immer meinen Namen kennt.«

54

Kevin kam zu David und mir in die Bibliothek und sagte, ich dürfe etwas auf den Holzboden der Eingangshalle schreiben. Er sagte, es würde für immer und ewig und auch danach noch dort stehen.

Ich schrieb: Es ist Sommer. Was will ich mehr. Irgendwo werde ich einen Platz finden, an dem ich rasten kann. Die Sonne wird scheinen, also werde ich nicht frieren, jedenfalls nicht allzu sehr. Und vielleicht komme ich sogar bis zu einem Ort, an dem Olivenbäume stehen und ebenso die Zeit. Ja. Dort wird die Luft nach Orangenblüten und Maiglöckchen riechen, vielleicht auch nach Frühlingsregen und Winternebeln. Und natürlich muss es nicht alles gleichzeitig sein, nacheinander wäre auch eine gute Zeit.

55

David weinte, als er meine Worte auf dem hellen Holzboden der Eingangshalle las. Er sagte, es würde weh tun, sich daran zu erinnern, wie wunderschön diese Welt ist.

56

Ich lernte den Teufel kennen. Wir teilten uns einen Becher Eis, und er verriet mir sein größtes Geheimnis:

Gott weilt unter uns.
In der Hölle.

57

Kevin lag auf einer Bank vor dem Standesamt und ließ Seifenblasen aus Schall und Rauch durch die Straßen fliegen.

»Was machst du da?«, fragte ich.

Kevin antwortete mir nicht.

Aber als wir am Abend zusammen zum Gipfel der Mächte gingen, sagte er: »Die meisten Menschen vergessen, dass sie auch nach der Hochzeit noch miteinander reden dürfen.«

58

Es wurde Winter. Shay und ich standen zusammen im Schnee. Es sah schön aus, wie das Blut von ihrem roten Kleid auf das weiße Feld tropfte.

Schön.

Und furchtbar traurig.

Sie lächelte mich an und sagte: »Komm, wir machen Schnee-Engel.«

59

Kevin sagte zu mir, jede Unsterblichkeit ginge irgendwann vorbei.

60

Ich dachte über das nach, was Kevin gesagt hatte. Ich hoffte so sehr, er hätte recht.

61

David sagte, eine Macht wäre erst gebrochen, wenn ihr Herz gebrochen sei.

»Na, toll«, sagte Shay, dann wäre sie wohl die Erste von uns, die irgendwann nicht mehr unsterblich sein würde.

62

Kevin stand mit einer brummenden Motorsäge neben einem Baum, den er gerade erst gepflanzt hatte.

»Das solltest du nicht tun«, sagte David nachdenklich. »Es ist ein schöner Baum, er könnte wachsen.«

»Herrgott!«, brüllte Kevin. »Musst du immer so verdammt beständig sein?«

»Ja«, sagte David. »Die Beständigkeit – das bin ich.«

»Willst du wissen, was ich bin?«, rief Kevin so laut, dass er das Dröhnen der Motorsäge übertönte. »Ich bin ein toter Raum und halte die Luft an. Im Zimmer nebenan wartet die Zeit darauf, dass ich mich zurück in das Glück der Welt verwandle. Vor mir, in einem viel zu begrenzten Dasein, sitzt die Befremdlichkeit in Gestalt der Menschheit und spielt Verstecken – hinter ihren winzigen Handys, zwischen ihren riesigen Schokoriegeln, neben der Achtlosigkeit, Seite an Seite mit nichts, aber auch gar nichts, was von Bedeutung wäre.«

63

Der Baum fiel um.

Und Kevin pflanzte einen neuen.

64

Kevin und David saßen betrunken in einer Bar. Ich ging zu ihnen und fragte sie, ob sie nun Menschen werden wollten. Sie sagten nein, sie hätten nur die gute alte Zeit vermisst.

»Bin ich keine gute Zeit?«, wollte ich wissen.

»Doch, doch«, sagten Kevin und David schnell.

65

Eine Woche später saßen Kevin und David immer noch in der Bar. Shay war auch kurz dort gewesen, aber dann war sie mit einem Mann mitgegangen, den sie töten wollte. Im Hintergrund lief der Fernseher. Kevin deutete auf den flackernden Bildschirm und sagte: »Solange Fußball zu 90 Prozent aus Menschen besteht, wird da nie jemand gewinnen.«

66

Ich verwandelte Alkohol in Melonenlimonade und Alkoholiker in Politiker. Kevin und David verließen die Bar, weil sie keine Melonen mochten. Ich wartete beim Hinterausgang auf sie. Sie lachten, als sie mich sahen, und sagten, das hätte ich gut gemacht.

67

David, Kevin, Shay und ich trafen uns nach wie vor einmal im Monat auf dem Gipfel der Mächte und sahen dem Grauen entgegen. Manchmal war es das Morgengrauen, manchmal das Abendgrauen. Und manchmal das Grauen der Menschen.

68

Shay sagte, sie hätte das Leben gemocht. Damals, vor unendlich vielen Jahren. Shay sagte, sie hätte das Leben geachtet, damals, in einer anderen Zeit.

»Shay«, sagte ich.

Aber sie unterbrach mich.

69

Shay war meine Freundin gewesen, damals auf Winter. Und sie war es auch heute noch.

Heute.

Mit blutverschmierten Händen und Knochensplittern in den Haaren.

70

Shay kaufte sich zwei Millionen rote Luftballons und fragte uns, ob wir ihr dabei helfen könnten, sie alle aufzublasen. Wir fragten nicht, wozu sie die Ballons bräuchte. Wir halfen ihr einfach.

71

Ich sah zwei Millionen rote Luftballons über den Ozean davonfliegen. Es war das Schönste, was ich je gesehen hatte.

Da wusste ich: Nichts bleibt für immer und ewig. Und manches nicht einmal bis zum nächsten Tag.

72

David küsste Shay und sagte: »Vergiss niemals, wer du einmal warst. Du hast immer noch ein Herz.«

Shay sah ihn blind an.

73

Kevin sagte zu David: »Es ist sinnlos, jemandem die Wahrheit zu erzählen, der an Lügen glaubt.«

74

Während all der Zeit fragte mich nie jemand, ob vielleicht alles anders wäre, wenn es anders sein könnte. Niemand zweifelte an meinem Dasein.

Und doch war da ein Rauschen.

Ein Rauschen in der Zeit.

75

Ich lernte einen Jungen kennen. Er hieß Evan und war so achtsam, dass ich für einen Moment dachte, die Menschen würden sich vielleicht doch noch final-evolutionieren. Wir trafen uns im Park, und ich erzählte ihm von den quakenden Enten und den Dingen, die ich über die Menschen wusste.

Evan rannte nicht weg.

Und er lachte mich auch nicht aus.

So wurden wir Freunde.

76

Evan und ich standen auf dem Teufelsberg und ließen einen Regenbogen-Drachen steigen. Der Wind zerrte an den Farben, und der Drachen flog davon.

Ich sah ihm nach.

Für eine Ewigkeit.

77

Ich hörte, wie Kevin zu Shay und Shay zu David sagte, die Zeit sei voller Widersprüche.

78

David kam zu mir und flüsterte in mein Ohr: »Weißt du noch, was du zu mir gesagt hast? Damals, vor Jahren, als ich ein Mädchen an meiner Seite hatte?«

Ich nickte.

»Dann lauf davon!«, sagte David und schüttelte mich. »Lauf! Denn du hast recht gehabt. Das ist der Lauf der Zeit.«

79

Evan«, fragte ich, »wie definiert man Zeit?«

»Zeit muss man nicht definieren«, erwiderte Evan. »Zeit muss man atmen.«

80

Kevin weinte, als eine Flutwelle und ein Tornado innerhalb von sieben Tagen zehn Prozent der gesamten Menschheit vernichteten.

Ich weinte nicht.

81

Ich lag mit Evan auf einer Wiese, und er versprach mir, bei mir zu bleiben, was auch immer die Zeit bringen würde.

Da weinte ich.

82

Es wurde Sommer. Ich saß auf dem Fußboden meiner Wohnung und fühlte mich verloren. Evan kam zu mir und fragte, was los sei. Da begann ich zu schreien. Ich schrie und schrie.

Und dann weinte ich: »Evan! Ich bin kein Mensch! Ich bin die Zeit! Verstehst du – ich bin die Zeit.«

»Natürlich verstehe ich das«, sagte Evan. »Meinst du denn, ich merke nicht, dass du immer und überall bist? Dass du niemals schläfst und immer wachst. Dass du fortwährend und allumfassend bist.«

83

Mein Herz begann wieder zu schlagen.
Nach all den toten Jahren.

84

Evan sagte zu mir:

»Von hier an.
Nie wieder.
Alleine.«

85

David sagte zu mir: »Ach, Mädchen, was machst du nur für Sachen? Kannst du nicht aus meinen Fehlern lernen?«

Ich antwortete ihm nicht darauf.

86

Evan hob mich hoch und rief: »Ich halte die wunderschöne Zeit in meinen Händen!« Er stellte mich zurück auf den Boden und flüsterte mir zu: »Auf dass du niemals dein Lächeln verlierst.«

Da erst merkte ich, dass ich lächelte, wann immer er bei mir war.

87

Evan begann zu studieren.

88

Evan beendete sein Studium.

89

Evan wurde Arzt.

90

Evan hatte Nachtschichten und Spätschichten und Frühschichten.

Aber er hatte trotzdem immer Zeit.

91

Evan wurde älter. Ich wurde traurig.

92

Ich weinte, weil ich die Zeit war. Ich wäre für immer unsichtbar geworden, wenn ich nicht längst gelernt hätte, meinen Schmerz in Abgeschiedenheit zu verwandeln.

93

Evan sagte zu mir: »Sei nicht traurig, mein Herz. Du bist die Zeit. Du kannst alles verändern, alles, was du willst.«

Ich war zu müde, um ihm zu erklären, dass ich nur die Zeit war – nicht die Abhandlung der Zeit. Ich begleitete jeden Augenblick, ich war dabei, wenn der Tag zur Nacht wurde und die Nacht zum Tag. Ich verzauberte hier und da ein paar Menschen, ich spielte mit den Gezeiten. Aber ich war nicht das Geschehen an sich. Ich war einfach nur die Zeit.

Mit all ihren Fehlern.

94

Evan war genauso alt wie ich, als ich ihn kennenlernte. Siebzig Jahre später war ich immer noch fünfzehn, und er war tot.

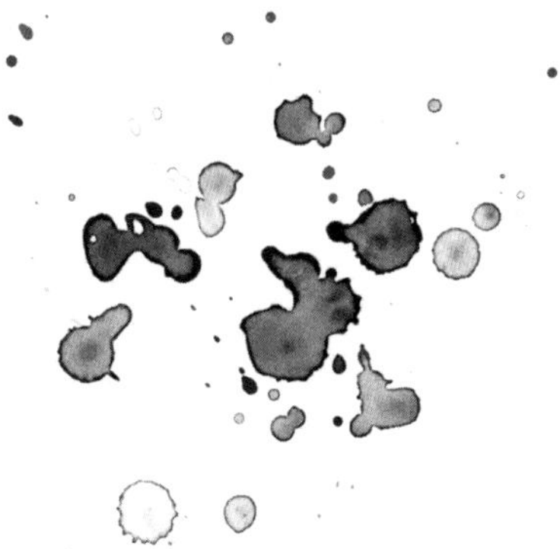

95

Wie viele Worte braucht ein Satz?
Ein einziges: Ende.

96

Am Ufer der Zeit fand ich einen gestrandeten Hai. Er lag regungslos zwischen dem Ozean und mir. Seine Art war längst ausgestorben, aber da es ihm keiner gesagt hatte, war er nicht tot. Ich hob ihn hoch und streichelte seine Rückenflosse, da lächelte er, und ich wusste, er würde sich an mich erinnern.

97

Ich brachte den Hai zurück nach Hause. Ich trug ihn den ganzen Weg, bis hin zum Ursprung der Wellen, den David hütete. Dort ließ ich den Hai behutsam ins Wasser gleiten. Vielleicht, dachte ich, wird er dem Meer irgendwann erzählen: Es war eine gute Zeit.

98

Shay, David, Kevin und ich grillten Marshmallows am Feuer. Die Luft roch nach Holz und verbrannten Worten, da wir einige uralte Zeitungen in die Flammen geworfen hatten. David legte einen Arm um mich. Ich fühlte es kaum. Aber ich erinnerte mich daran, wie wir Jugendliche auf Winter gewesen waren. Wie wir gelacht hatten. Wie wir gelebt hatten. Wie sehr wir daran geglaubt hatten, am Leben zu bleiben.

Dann sah ich uns vor mir, tot in dem Krankenwagen. Mein Geburtstag. Mein letzter Tag zu Hause. Ich dachte an meine Eltern, wie wir das letzte Mal telefoniert hatten.

»Leb wohl!«, hatten sie gebrüllt.

Leb wohl.

99

Ich atmete Staub.

Er schmeckte nach Spinnen.

100

Ich sah in den Spiegel und erkannte mich nicht mehr. Da umfing mich der Raum am Ende der Stille.

Es war Kevin.

»Das ist schon okay«, sagte er, »die Zeit hat viele Gesichter.«

101

Wir sammelten Herbstblätter. Kevin wollte daraus ein Baumhaus bauen, um die Bäume vor dem Verfall zu retten. David wollte sie zwischen Telefonbüchern pressen und für den Sommer aufbewahren. Shay wollte Leichen bedecken und Morde vertuschen.

Sie fragten mich, was ich, die Zeit, dazu sagen würde.

Ich sagte: »Nächstes Jahr kommt ein neuer Herbst mit neuen Blättern. Es ist egal, was ihr mit diesen macht.«

102

Die Sonne versteckte sich hinter einer Atompilzwolke. Kevin blickte aus dem Fenster. Er wohnte zurzeit in einem Penthouse hoch über den Dächern von New York.

»Was tust du da?«, fragte ich.

»Ich sehe«, sagte Kevin.

Dann schloss er die Augen.

Und lächelte.

103

Der Regen biss mir ins Genick, als ich mich zu David hinabbeugte und nach seiner Hand griff.

»David«, sagte ich, »du musst aufstehen. Du kannst nicht für immer auf den Eisenbahnschienen liegen.«

»Die Züge können mir nichts anhaben«, sagte David.

»Aber ich«, sagte ich. »Die Zeit.«

104

Schnee brannte in meinen fast erfrorenen Augen, als ich Shay zwischen zwei Eisschollen aus dem eisigen See zog.

»Du bist ganz nass«, sagte ich zu ihr.

»Das ist nur Wasser«, erwiderte Shay.

»Du bist ganz kalt«, fügte ich hinzu.

»Ach, das«, sagte Shay, »das ist nur der Winter.«

105

Ich schüttete hundertfünfzig Liter Salzsäure in meine Badewanne und sah zu, wie die Plastikente verdampfte. Dann legte ich mich hinein und fühlte das Kribbeln auf meiner Haut, die stärker war als jeder Schmerz.

106

»Du solltest nicht in Salzsäure baden«, sagte Kevin zu mir, als er mich dabei erwischte.

»Warum?«, fragte ich. »David liegt auf Eisenbahnschienen herum, und Shay ertränkt sich in zugefrorenen Seen.«

»Du bist die Zeit«, entgegnete Kevin. »Du solltest mit gutem Beispiel vorangehen.«

TEIL 3

Das Ende der Zeit

Die Nacht kam früh am Abend. Unerkannt in ihrem Auftreten schlich sie sich heran, bis sie auf einmal dort war, direkt über dem See am Stadtrand. Und wie an jedem Tag, so waren auch heute alle Menschen der Stadt dort versammelt und tauchten nach Gold und Edelsteinen. Ein Murmeln machte sich breit, als die Nacht entdeckt wurde. Erstaunt verließen die Menschen die Tiefen der Gewässer und blickten empor in die Dunkelheit. So früh war sie noch nie gekommen, normalerweise kam sie erst nach dem Klagelied der Abenddämmerung.
Doch nun war sie da.

Die Menschen standen regungslos am Ufer und sahen hinauf zu dem schneeweißen Mond. Er sah aus wie das Gespenst einer Seele, die längst vergessen war. Und da sie ihn nur aus der Ferne kannten und nicht viel mit ihm anzufangen wussten, nannten sie ihn blass – blass wie die Stille. Aber einige widersprachen dem, denn sie fanden, Stille sei nicht farblos.

1

Ich stand auf dem perfekt gemähten Rasen eines leeren Footballstadions und sah zu, wie Kevin Maiglöckchen und Apfelbäume pflanzte. Er lächelte. So schön wie damals auf Winter.

Shay saß mitten zwischen den Blumen und hielt ein totes Kaninchen in ihren Händen. Sie streichelte es.

Und sie weinte.

Und weinte.

So lange, bis das Kaninchen verschwunden war.

David ließ Seifenblasen in den Himmel steigen. Sie leuchteten blau und grün und gelb und orange und rot und weiß und lila. Sie enthielten unser Schweigen und all die Geschichten, die wir darüber geschrieben hatten.

Ich wusste damals nicht, dass es einer der schönsten Augenblicke war, die ich je erlebt hatte.

2

Ich wurde älter als die Angst. Ich wurde älter als Wut und Hass und Verzweiflung. Ich wurde still. So furchtbar lautlos wie jeder Augenblick, den ich nicht benennen konnte.

3

Eines Tages stand der Tod vor mir und sagte: »Wie sieht es aus, Mädchen der Macht, hast du ausreichend Zeit gehabt?«

Ich starrte ihn an.

Er war jünger geworden.

Oder vielleicht war es auch einfach ich.

Die Zeit.

Die sich verändert hatte.

4

Der Tod lachte mich aus.

»Du erinnerst dich nicht«, sagte er grinsend.

Seine Sense war noch genauso groß wie damals. Aber sie machte mir keine Angst mehr. Ich hatte Shay beim Morden zugesehen. Ich wusste, wie Sterben funktionierte.

Der Tod lachte weiter.

Dann sagte er: »Die Antwort auf deine Frage – du wolltest wissen, warum. Erinnerst du dich nicht mehr daran?«

»Natürlich erinnere ich mich«, erwiderte ich.

Meine Stimme klang fremd. Seit Jahren hatte ich sie nicht mehr gehört. Es gab nichts Lauteres als mein Schweigen.

»Und?«, fragte der Tod. »Weißt du nun die Antwort? Nach all der Zeit.«

5

Ich sah den Tod an. Er hörte auf zu lachen und nahm seine Kapuze ab. Er stand vor mir. Kleiner als seine Sense. Er hatte tiefe Augenringe und eine Narbe am Hals. Da fand ich auf einmal, dass er genauso einsam aussah wie ich.

6

Ich streckte eine Hand nach dem Tod aus und berührte sein bleiches Gesicht. Da begann er zu weinen. So wunderschön und ehrlich, wie nur ein Wesen weinen kann, das ein Herz besitzt.

7

Der Tod und ich wurden Freunde.

Er besuchte mich, wann immer er die Zeit dafür fand.

8

Ich verstand, was es bedeutet,
der Ozean im Meer zu sein.

9

Der Ozean im Meer –
die Tiefe der Wellen.
   Die Zeit in der Zeit.
   Hinter der Zeit.

10

Kevin gab mir einen Kuss auf die Stirn. Es fühlte sich an, als wären wir doch noch erwachsen geworden. Nach all den unendlichen Jahren.

Er sagte zu mir, er hätte mich geliebt.

Damals auf Winter.

Er sagte: »Keine Angst, so etwas geht nicht vorbei.«

11

David nahm mein fremdes Gesicht in seine vertrauten Hände und sagte: »Solange wir Schönheit definieren, werden wir sie niemals finden. Sooft wir uns zum Leben bekennen, wird der Tod uns widersprechen. Aber du. Du bist das Glück und die Zeit und die Wahrheit. Hörst du das Rauschen? Es ist endlich vorbei.«

12

Shay berührte mit ihren eiskalten Fingern meine lauschenden Lippen. Sie sagte kein Wort. Aber ich wusste, dass es eine Geste des Abschieds war.

13

Wir wussten alle, dass wir unsterblich waren.

Aber dann kam der Tag.

An dem wir es vergaßen.

14

Der Tod gab mir ein Versprechen. Er sagte: »Irgendwann werden die Menschen deine Geschichte lesen. Sie werden sie nicht verstehen. Aber das müssen sie auch nicht. Kein Mensch versteht die Zeit.«

15

Shay starb im Frühling. Ich bemerkte es daran, dass ein Teil der Welt zusammenfiel und das Gleichgewicht ins Wanken geriet.

16

David starb im Sommer. Ich bemerkte es daran, dass keine Menschen mehr Hand in Hand durch die Straßen liefen und niemand mehr Kerzen anzündete.

17

Kevin starb im Herbst. Ich bemerkte es daran, dass ich kein Zuhause mehr hatte.

18

Der Tod kam mich besuchen. Ich saß alleine auf dem Gipfel, der früher uns Mächten gehört hatte. Nun war es der Gipfel der Zeit. Ich saß da und sah in die Ferne. Sie war zu nah, seit Kevin weg war. Sie war zu rastlos, seit David weg war. Sie war überfüllt von Menschen und Menschen und Abertausenden von Menschen, seit Shay weg war.

Der Tod nahm mich in den Arm und hielt mich, als wären wir das Ende der Welt.

»Ist schon okay«, sagte er, »du musst nicht für immer bleiben.«

»Aber ich bin die Zeit«, entgegnete ich.

»Manchmal ist es an der Zeit zu gehen«, sagte der Tod.

19

Ich starb an einem Wintermorgen. Es war nicht von Bedeutung. Das Meer schwappte übermütig gegen die Felsen und die Skelette der Bohrinseln. Wie an jedem Tag. Ich verschwand in dem Rauschen meiner letzten Abenddämmerung.

Ich starb unsichtbar und lautlos.

Und dann.

Epilog

Dann kam eine neue Zeit.

WINTER · STILLE
STRONG · ANGST
LEBEN · LIEBE ·
COURAGE · Wasser
TOD · HERBST ·
Zeit

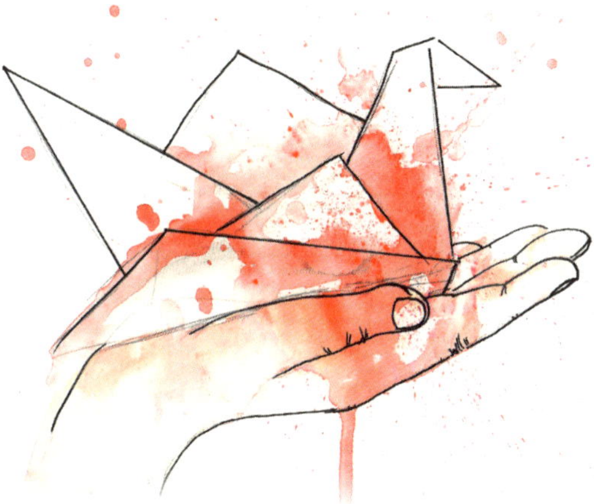

Danksagung

Du musst das nicht alles noch werden.
Du bist das schon.
Ein Mensch.

Lieber Tod,

vielleicht überschneiden sich unsere Welten nicht in jedem Punkt, aber sie liegen im selben Universum. Das heißt, du siehst dieselben kaputten Sterne, denselben verhungerten Mond.

Und wir können uns ja besuchen.

Dann bringe ich etwas aus meiner Welt in deine und du etwas in meine, und dann stellen wir am Ende fest, dass es irgendwie das Gleiche ist, nur halt anders.

Dein Leben

LILLY LINDNER

Winterwassertief

»Wenn ein Fremder dich in seine Arme schließt, um dich zu brechen, wenn er wütet auf deinem Körper, Mahnmale hinterlässt auf deinem Dasein und Blutbilder zeichnet auf deiner viel zu weichen Haut. Dann wird alles in ein blindes Licht gerückt. Und dann musst du. Du. Die Schande, die auf deiner blanken Seele lauert, mit anmutigen Händen tragen, ohne sie zu berühren, dort, wo sie dich zu verschlingen droht. Und die Männer um dich herum, die glauben, sie könnten dich besitzen, flüstere ihnen zu, dass es nichts weiter als ein Schauspiel ist, denn wie könnte es anders sein, wenn du niemandem mehr gehörst. Nicht einmal dir selbst.«

»Ein ungeheuerliches Buch.«
Focus

DROEMER